行世界

毛圣昌 著

南京师范大学出版社

图书在版编目(CIP)数据

平行世界 / 毛圣昌著. —南京：南京师范大学出版社，2024.8
ISBN 978-7-5651-6143-8

Ⅰ.①平… Ⅱ.①毛… Ⅲ.①诗集－中国－当代 Ⅳ.①I227

中国国家版本馆CIP数据核字(2024)第032500号

书　　名	平行世界
作　　者	毛圣昌
策划编辑	郑海燕　王雅琼
责任编辑	张绚绚
出版发行	南京师范大学出版社
地　　址	江苏省南京市玄武区后宰门西村9号(邮编:210016)
电　　话	(025)83598919(总编办)　83598412(营销部)　83598712(编辑部)
网　　址	http://press.njnu.edu.cn
电子信箱	nspzbb@njnu.edu.cn
照　　排	南京开卷文化传媒有限公司
印　　刷	江苏凤凰通达印刷有限公司
开　　本	787毫米×1092毫米　1/32
印　　张	5.5
字　　数	81千
版　　次	2024年8月第1版
印　　次	2024年8月第1次印刷
书　　号	ISBN 978-7-5651-6143-8
定　　价	39.00元

出 版 人　张　鹏

南京师大版图书若有印装问题请与销售商调换

版权所有　侵犯必究

自　序

时光的脚步灿烂而匆匆,倏然间,从 2015 年的第一本《繁星向谁》诗集出版,至今已经过去了 9 年,第一本诗集更多是写于故乡的江南,也有对过去很长时间诗歌留存的整理。2017 年出版了第二本《千里北上》,诉说的更多是从南到北,北上京城开辟生活的展望。尔后在疫情第一年出版了第三本诗集《花晚楼》,这是一首架空叙事长诗,是我思想的跳脱与映射,却不能算是对心情和时光的记录。现在正要出版的这第四本《平行世界》是短诗集,是我千里北上来到京城后,对于最近六七年时光的注脚,是我心情的拓印。

所以这本诗集实际讲述的是一个南国青年北上千里,来到京城开辟梦想新天地,是如何格格不入却又不得不适应北国气候,是如何在夜深人静的时候思念家乡,是如何在川流不息的长安街上寻找自己的大道,是如何在北国的风吹日晒中走进了中年。这其中的人生百味,快乐、苦涩、酸楚、平淡,虽平凡却温暖清澈,每每回望,必然拨动我心弦。

北上京城如今已近十年,我也在这里开辟了自己崭新的事业。江南的生活好像离我很远了,日常映入眼帘的都是北国的风光,风土人情也都是北方的习惯。我总感觉自己像一个游子,漂泊在城市的白天黑夜,即使是不思乡的时候也是如此。但如果你问我是南方人还是北方人,我会本能地回答是江南人。甚至在潜意识里,我认为还有一个我同时生活在江南,在一个平行的世界里。在那里我还在延续着我的青春,并和现在同步走进了中年。闭上眼睛,我甚至都能感受到这个平行世界里的阳光、微风、花草和大地。这种感觉让我漂泊的心又有了几分沉静安稳。这或许是因为我的父母都还很健康,他们就生活在家乡。父母在,家乡还是家乡,如果哪天,父母仙游了,回乡的路就会断了吧,无论在现实中还是在梦中,路都会断了。

写到这儿,其实我没有更多想说的,想说的都在那年那时那刻,在那一篇篇诗歌里诉说了。我没有特别不一样的人生,也没有特别不一样的心情,有的只是为了事业行走在他乡多年的游子之心。我对家乡的挚爱,一如我对诗歌的挚爱。

2024年3月3日

目 录

四季同尘

鱼米之乡 /3

轻风似梦 /7

我打算和2017谈谈 /9

这水 /13

春也 /15

水墨大埝 /16

春夜行 /17

早春飞雪 /18

盛夏的落叶 /20

与饮者 /22

秋日 /23

这忽然而至的秋雨 /25

秋无题 /27

三月飞雪 /28

晚风 /29

机场 /31

长城 /33

大风 /36

千里北上——北飞雁 /38

时间放逐

时间放逐 /47

我的太阳 /49

突然之间 /51

我和世界的对话 /53

时间之矢 /54

正午遐思 /58

风雨 /60

毕业那些年 /62

芳菲 /69

假如岁月足够的长 /71

阳光的假设 /73

永不凋零的花 /76

有一天 /78

捉住闪电 /80

干草地 /82

静谧世界

咖啡 / 87

信条随笔 / 89

阳光迎面而来 / 90

月季之坛 / 93

夜晚 / 95

我心里有条静静的河 / 97

风中伫立 / 99

一棵梨树的等待 / 101

随笔 / 102

心海 / 105

夜行 / 107

喧闹的寂静 / 108

心驰神往 / 110

夜晚 / 112

清风笑我 / 114

我的伤痕 / 115

无题 / 117

探秘 / 119

悟空三千

地平线 /123

清单 /124

控告 /127

错怪 /129

密集 /133

折叠空气 /135

浑圆的天堂 /137

出地铁 /139

看天 /141

远眺 /142

走步 /144

折叠而行 /146

流离 /148

提笔跃然 /150

我和世界之间 /153

生卒不详 /155

命如刀刻 /157

忧伤让人无法靠近 /159

快克 /161

命运比诗深刻 /163

四季同尘

鱼米之乡

我踩着风火轮,
飞驰在大地上,
身后留下两条长长
黝黑的轨迹。
大地的苍黄在我眼前飞逝,
只是那还在蛰伏的绿意,
让我感受到了强烈的生机,
那生机甚于夏季。

弯弯的银色小河向我指引了
那耸立的巍峨之山,
一个天子封禅的地方,
一个每天朝阳都要去签到的大山。
越过这齐鲁大地时,
除了记起好汉们的豪饮,
也惦记是否能在哪个乡间的大道上,
可以寻见孔孟的痕迹。

是我的风火轮太快,

还是时间太快?

很快就要越过二圣故乡,

进入我的故乡。

一个鱼米之乡,

那份得天独厚的骄傲,

都满满地镶嵌在,

这个"蘇"字之上。

何为鱼米之乡?

我思忖良久,

为何天下盛产鱼米的地方很多,

但只有这里被称为"鱼米之乡"?

少时,我若有所悟,

可能是这样吧:

在这片土地上,

你在春天里随意撒一把稻种,

无论是田野还是小径,

抑或是小土丘,哪怕是荒草地,

到了秋天,

还去那里,

你就会收获一片金灿灿的稻谷!

在这片土地上,

你任意找一汪水潭,

无论是大山塘,

还是小野沟,

甚或是夏季大水牛打滚

留下的一坑积水,

请相信我,

你拿上抄网抄进水里,

都可以捕获或大或小的鱼,

在灿烂的阳光下跳跃着粼粼波光。

可能只有这样随意生发鱼米的地方,

才能是,

真正的"鱼米之乡"吧!

地利得天独厚,

风调雨顺,四季分明,

温暖湿润,阳光明媚。

土地肥沃,雨水丰沛,

这就是我的故乡——江苏,

一个四季分明的鱼米之乡,

一个崇文重教的人文之乡,

我乘风归来就是要

在春天的气息里回到山水的怀抱,

让烟火绽放,

璀璨星空。

轻风似梦

我漫步在落叶的归途,
卷起一堆堆往事的尘土。
一两点星光迷失在遥远夜的深处,
熠熠生辉,闪亮微笑的孤独。
月季的花语好像听懂了谁的倾诉,
微微颔首,触碰轻风的美梦。

我向岁月的前方伸手,
激起一圈圈肉眼可见的涟漪,
闪烁着年轮的模样,
里面封印着未来的虚妄,
和回忆的坚硬,
任时光的铁锤不断敲击。

我还在漫步,
已走入平行的时空,
看着那个迈过落叶的我,

一步一步地走进车流里，

消逝在匆匆呼啸的过去，

头也不回。

毫无顾忌的真理，

愣在十字路口，

像在等待下一个传人，

从来世走进这里，

又在一个轻风似梦的秋季，

彷徨飘落一地！

我打算和2017谈谈

趁着辞旧岁的爆竹还未燃放,

趁着万家团圆的灯火还有几天才能点上,

我回到了我故乡的怀抱,

推开陈年的旧窗,

把门带上,

我偷偷地邀请2017来到书房,

今夜我想和他好好谈谈。

我:我想问你,在你的时间里为我安排了怎样的戏一场?

2017:人生梦一场,又何必在乎区区一个2017?

我:莫打太极,你是你,2017,你将会让我如何演出?

2017:你猜。

我:你不肯说?

2017:

未来是不可预测的,

预测也是不明智的,

即使这是我的时间,

哪怕我的确给你安排好了一幕又一幕的戏剧,

预备在四季上演,

但也不是可以预测的。

我:

你说的我不懂,

既然你已有脚本,

只是在等待着演出,

那又有何不可预知,

至少也有个大概吧,

不是说冥冥之中自有定数吗?

2017:

别说转瞬一年,

哪怕是匆匆一生,

都好似早有定数,

也确有安排,

但这又如何?

难道每个人就可以按部就班,

任由命运的车轮自顾前行,

毫不介意,毫不参与,毫不努力?

我沉默不语。

2017：

在我看来,看似注定的冥冥,

却是最为虚伪和凑合的预先安排,

谁可以准确安排自己的

未来未发生之事呢?

莫说别人,莫说神明,

就算身处其中的你自己,

都无法全按预想来建筑未来。

就算高高在上的神明,

拥有不可探测的惊天伟力,

但面对亿兆生灵,

你又是如何耀眼明亮到在亿兆之中,

能让高高端坐在九重天之上的神明,

注意到你,

甚至会耽搁一下他那诸多神事,

而为你短暂的一生,

甚至转瞬即逝的一年,

去操心脚本?

甚至去关照你的未来是否按照预定的线路行走?

你是谁才能获得神明如此青睐?

我无言以对。

2017：
所以忘记你未来的那个虚无剧本吧，
你也是你自己的神明，
只有你自己才会如此在乎你自己，
只有你自己才可以照耀你的前途光明，
哪怕果真你需要点运气，
但都不妨碍你去执着地努力，
而绝非只是等待运气的降临你才努力。

那一夜，
我彻夜未眠。

这 水

我所有的沉默，
都坠落进
这一曲白水之中，
我所有的温柔，
都飘洒在
这漫天的细雨里。
风那温情的双手，
轻轻抚皱了忧愁的湖水，
一波不平一波又起，
一直拍打着我脚下的石头，
跟我约酌入夜后的残酒。

石桥矗立在我窗前，
像一个世纪，
我看着桥下的水波，
经历了一个又一个流年，
沉默不语。

结束了我所有的沉默，

心中下着细雨，

湖里满是涟漪，

谁会在船里远去？

春也

落英有轮回,芳菲如流水。
手把清风嗅,春泥已沉醉。
排云抱初阳,闲坐邀晚照。
夜来风乱雨,晨开鸡鸣早。
动静皆有念,来往全六韬。
有意无意里,青云续断桥。

水墨大埝

重重青山叠浪行，
层层绿水波推岭。
乱花浅草春风笑，
黄发垂髫跑不听。

春夜行

细雨临晚停,
踽踽草径轻。
春风入夜懒,
蛙噪天更明。

早春飞雪

黑夜迫不及待笼罩白昼，
白雪簌簌下得无边无际，
癫狂的风时不时抽痛，
搅动得漫天飞舞，
时而呼号奔走，
席卷大地，
时而潇潇洒洒，
极尽优雅。

我仰起头，
从黑色的天穹，
坠落无数碎碎的白色，
扑面而来，
淹没我遥远的视界，
想问苍穹，
这是何必又何苦？
我张开嘴，

呼出温柔的热气，
迎接漫天孤单的雪花，
温暖不了的,落寞地落下,
埋葬在黑色的寂静里，
温暖了的,却融化成冰冷的泪水,
顺着脸颊肆意地流淌。

我向高高苍穹呼喊，
我黑色的君王，
是谁惹得你如此忧伤，
偏要在春季里，
撒下这白色的泪雨。
没有回答，
只有一道灰色的闪电，
在天际无声地闪过。

盛夏的落叶

纷飞的词语，

挂在悲伤的枝头，

一阵伤痛的风，

吹落进生活。

厚厚忧郁之下，

结出丰收的苦果，

成熟的黑色，

未成熟的苦涩，

一个个次第掉落，

淹没许多曾经和如果。

风的燥热，

闷湿了苍白的心窝，

这血色的无力，

扶不住前方拐了弯的荒径，

大道已殁，

小路猖獗,
谁站在路口走投无路,
谁在舞台止不住地哭!

与饮者

我在感慨的大树之下,
冰镇三壶泛着梦想泡沫的酒,
与两位兄弟碰碎这个夏季,
一种新鲜的离别在桌脚升起。

我举起巨大希望的酒杯,
一道闪电潜入杯底,
我饮下了雷鸣。
惊悚的乌云滚滚逃弃,
丢下失望的雨滴前赴后继,
纵身跌落深厚的大地。

在地底结下一颗闪亮的种子,
当它破土而出的时候,
我们将在深夜里艳阳高照!

秋　日

秋叶追逐着步履，
抬步落下时，
听到了踩碎时光的声音，
微风摇曳着阳光，
明明晃晃，清清爽爽，
都是闲散心情的味道。

大树向天空张开怀抱，
小鸟渴望白云能歇脚，
我行走在大道上，
和光同尘，花花草草，
暖阳西斜，
凭空远眺落下一襟晚照。

一阵风来吹散了时光，
深吸一口气满是未来，
安静的尘世插上银铸的翅膀，

翩翩起舞的思绪成词语纷飞，

脚下的大地野草疯长，

有群狮跑过的痕迹，

循迹望去都是文辞诗字的背影，

天空中隐没着谁的面容，

嘴角勾起，

风雨雷电的四季。

这忽然而至的秋雨

在遥远的天际，
掩映着滚滚的银雷，
这忽然而至的秋雨，
已在那望穿的远处落下。
沉沉的雾霾，
露出阴森的笑容，
在它统治的天地里，
酝酿着一场充满欺骗的雨，
升腾着鬼脸的酸气。

可我依然牢牢地期待，
期待那秋雨勇敢的步伐，
整齐地自天际向我这里出发，
哪怕被侵蚀成淡黄色的尸体，
成片成片倒伏在世界里，
哪怕大地已为你血流成河，
泪流满面，

我依然期待着你!

只有你的英勇和无畏,

才能冲破这阴沉有毒的藩篱,

解救众生进入轮回的四季。

无论多么努力,

我们都愿意!

就让我筑起七星祭坛,

在这辽阔的大地,

为你的到来而梵唱!

秋无题

一场秋雨一场凉,
我把东风靠作墙。
等闲才把落叶送,
又有红花暖春江。

三月飞雪

三月哪来漫天雪，
惹得百花怒开颜。
推门出户借问君，
原是杨柳发癫痫。

晚　风

当晚风吹响了下班的铃声,
怀着早已计划好的惬意,
将满足寄托于一碗小米粥
和一个大大的白胖馒头。

少时,心满意足的我,
走出放松下来的写字楼,
看天那么的蓝,蓝得耀眼,
看太阳还很高,
高得那么的骄傲,
绿草也醒着,
精神抖擞地在对过往的行人叫喊,
却被谁有意无心地踩上几脚,
也还不老实地淘气。

行人在这个长安大街背后
的小街来去也匆匆,

是赶往一个饭局，
还是下一站的地铁，
也许还夹杂着漫无目的。

晚风顽皮地吹弄着我的额头，
我将手伸进夕阳里抚摸
温暖的丁香花，
香随风动若有若无。

我脚踏着坚实的大地，
深深地呼吸，
那遥远的边际，
有一场及时的暴雨，
将赶来洗礼明天的空气。

机　场

压缩的时间，
丰满干燥无味，
光洁的机场，
散落着恁多匆忙。
周六的午后，
落落大方的太阳，
大大咧咧坐在身旁。
我轻轻地靠，
自由地呼吸，
指节轻敲着秒针，
抬掌拍打四季的灰尘，
交错时光的空隙里，
窥视自己，
最怕清醒的迷茫，
最迟疑睡梦中不断惊起，
血肉的神经，
百炼的绕指柔，

炉火不过痛与愁，

那是扭曲缠绕的路径，

却绝不是真理的唯一的。

大师的八卦推算的到底

是命盘的我还是我的命盘。

我在八字中起舞，

那又是谁在擂鼓？

信与不信都将惊醒

最终的那场死亡，

不如相信，

看一看窗外的阳光和机场。

长　城

十万里大山怎么就缺了防御，
偏要在峰峦之巅垒上乱石，
给自己一个安全的底气，
你是安枕无忧的皇帝。

晴空笑晒飞雪的异景，
昭示着山高水远的血性，
苍茫的地平线远远踩在脚下，
你是金戈铁马的战士。

曲折蜿蜒长长的石墙啊，
留下过多少匆匆长眠的足迹，
无人夜空下多少魂归的忏悔
跪破了铮铮如铁的青砖。

远古的边关将士们啊，
远离故土的乡愁堆积成

一个又一个烽火高台，

待到你解甲归田的时候，

一路点燃好让她早早知道音信。

肆虐呼啸的北风啊，

你可否告诉我，

那些当年的热血儿郎，

可有在长长的夜里，

在繁星俯视下，

在雉堞的怀抱里轻轻哭泣。

那么多血与铁的挣扎，

终耗尽了青春的暮光，

一场场忧愁的大雪，

刷白了两鬓，

在唏嘘不已的感叹里，

背上沉重行囊，

欢声笑语地归去，

醒来却又只是梦一场。

长长的城啊,

你给了我们除了记忆

和无聊浩瀚的工程,

还有什么?

有的是

一场难以回忆的奇迹。

大　风

你会迎风飞起来，
在这大风的午后，
你骑着单车，
逆风而行。
漫天飞舞的沙尘，
将你怀抱，
但也有美丽的飞花，
将你围绕。

大树在风中侧脸怒号，
向着即将坠落的太阳，
发出黑夜的警告。
树叶正在激烈地争吵，
到底谁才是大地的渴望，
到底谁才配天空的拥抱。

只有阳光静悄悄，

哪怕大风再疯狂,

哪怕人间在飘摇,

她静悄悄地移动光的脚步,

在高高的大厦上,

在长长的大街上,

在你的脚步前,

在你的眼角旁,

然后轻轻地拍拍你肩膀,

给你温柔的目光,

看着风中满头乱发的你,

给你温暖的微笑,

告诉你明天日出的预言,

就在穿过黑夜的黎明,

等着你,

风平浪静,波澜不惊!

千里北上——北飞雁

你从莫须有的理由出发，
离开温暖湿润的南方
千里北上，
沿途捎上齐鲁风情，
再和上燕赵的侠义，
将那百变无辜生活，
揉搓成一个个无形脸谱，
在紫禁城街头售卖。

长夜里，
你徘徊于长长的红墙外，
佝偻在瑟瑟墙根的角落，
孤单携手失落淹没了你，
待到天明，
国旗护卫队的皮靴，
敲醒了清晨里的美梦，
把你的慰藉一齐升起在

高高的旗杆上，
迎接新一天的漂泊与麻醉。

西单的地下通道，
你来回走过好几遍，
却始终没有遇到那个
自弹自唱的女孩，
她本是北漂故事的
一个较好注脚，
可转眼便淹没在
人潮汹涌的迷茫里。

你在外交部门前的地下通道，
在永安里使馆区的地下通道，
有听过孤独歌手的歌唱，
其实他们唱得比西单女孩都好。
当你驻足聆听，
当你弯腰放下两枚硬币，
你可曾听到那平静歌声背后，
不平静的叹息。

你记得在某个深夜里，

在通道口明明听见

那个收拾吉他唱了一个晚上的

小伙的低声啜泣。

在那个上世纪六十年代的通道里，

声音被放大许多，

低沉的回荡，

会不会唤醒

这里曾经多少场落寞的演出？

那些当年也很年轻的少年，

这么多年过去了，

你们是否已功成名就，

是在京城的繁华里上演着灯红酒绿，

还是早生华发回归故里，

早已在现实的故事里冷却了眼眶？

你们是否还会记得这个地下通道，

那场落寞的演出和寥寥的硬币。

如今这一代代后生晚辈们，

前赴后继地漂泊，

你们可曾有话要对他们说?

那个残破老巷的小酒馆,

独酌在昏黄窗边的你

望着窗外的冷雨,

辛辣的烈酒可曾有片刻温暖到你,

还只是冰冷地一直流到心底,

索然无味。

你就这样看着窗外冷雨冷笑,

不知不觉中,

又来了一场酩酊大醉。

一口一口地呕吐,

有没有让你少了些许的憋屈,

或许唯独还记得的,

就是你泪如雨滴,

鼻涕淅沥,

难道只有醉酒,

你才敢如此哭泣?

你说,罢了罢了罢了,

日坛的银杏,

也曾给了你金色的安慰,

玉渊潭的樱花,

也曾给了你彩色的梦想,

太和殿的巍峨,

御花园的古朴,

东六宫的故事,

军机处的年表,

都曾给了你东西。

当你站在景山的那个京城中心点,

南望皇宫大殿,

四顾大北京城,

东面的高楼繁华闪耀,

西厢的平楼却显贵重,

北边一望无际的莘莘学府,

南方也撑起大大的蓝图,

告诉我,

你多想长啸,

这方圆几百里的天地,

可有你能安稳栖落的树杈,

风雨不怕,

只看四季挑落,

放在人生的岔口

晾晒出生死觉悟的结果。

我搁下笔,

你已热泪盈眶!

时间放逐

时间放逐

我将时间放逐到永远，
冷漠地冻结成永恒，
独自走回过去，
找寻那个失落的自己，
拉上他坐在回忆的山峰上，
来一场对曾经的宿醉。

在醉眼朦胧里，
看到一颗伤破的心坠落。
用剩余最后的希望，
擦亮夜空，
盛开璀璨的花朵，
照耀着自己消逝的背影。

那自天空洒落的花火，
分明是一颗颗滚烫的泪滴，
滴落在我和自己的愁肠百绪，

让我们相拥而泣。

我挥别曾经的自己，
掉头奔跑在未来的道路上，
去找从未谋面的明日之我，
他那面庞嵌在来日的光明里，
遥远而模糊不清，
好似顶天立地。
我鼓起勇气问了一句：
我该如何自已，
才能追寻到你？
回声而来的：
你该回到时间里，
越是迷茫越要向远处看去。

我的太阳

我心中有一颗太阳,

她永不落下。

当悲伤的乌云滚滚而来,

她在云层后奋力照耀,

让我知道,

乌云总归是过客,

我需要坚忍地相信,

乌云是遮不住太阳的。

当狂喜激动的骤雨,

突然肆意而下,

我的太阳,

依然不顾那么多不解和鄙夷,

赖在高空上照亮,

尽管风雨已

让她模糊不清,

我也无暇抬头张望,

但当激动的风雨平复后，

天空却挂满了彩虹，

她微笑地看着，

重归平静失落的我，

温暖也灿烂。

当毁灭的暴雪袭来，

当我曝立在那近在咫尺

黑压压的天穹之下，

独自茫然地面对狂雪，

我的太阳，

从我的脚下升起，

在我胸中燃烧，

让猖狂的雪还没来得及触及我

便已消融，

再也无法冰冷我的生命，

那混沌的暴风雪中，

我的背影，

在黑暗里光芒万丈。

我的太阳，

我的希望！

突然之间

突然之间,
时间淹没了双眼,
推我回到从前,
去端详曾经的脸。
在路过混沌的边缘,
我看见广阔树立的夜,
在地狱通往光明的长路上,
发出浓浓黑暗的威胁。

突然之间,
阳光抓住了我的手,
问问现在的时间,
我害怕陷入夜的沼泽,
想他拉住我一起走,
就给了他一个善意的谎言:
现在是正午的时间,
是你该漫天飞舞的时刻。

我在阳光里穿行夜的领地。

突然之间,
我看见曾经的我,
坐在燃灯古佛跟前,
念叨回忆的经典。
我远远地端详那个背影,
想问问从前的自己,
但终于还是住口转身走了,
过去其实就是每一个的现在,
看得见摸得着,
又何必去猜测回忆,
现在转瞬就成了过去,
看不见摸不着,
又何必去流连徘徊,
唯有向前,
无须突然之间!

我和世界的对话

我问世界:
你有多大?
世界:
你有多小,我就有多大。

我又问世界:
那你有多小?
世界:
你有多大,我就有多小。

我再问世界:
我该如何比你还要大?
世界:
那就把我放进胸怀。

我冲世界点了点头,
世界报我以微微一笑!

时间之矢

时间穿着漂亮的衣服,

灿烂地向前走去,

留给世界的都是回忆的背影。

从童年的时候,

她还很幼稚,

一个下午可以漫长到一个世纪,

每一次升学,

都只不过是换了个教室,

好像我们在小学里徘徊了整个历史。

待到了少年,

时间开始变得强壮,

每天放学后站在昨天身高的标记前,

那已被淹没成为过去。

时间,她开始更有力,

迈着青春活力的步伐,

蹦蹦跳跳地小跑,

所以中学似乎不再那么漫长。

终于成年的我跨入了大学,

时间的青涩也逐渐褪去,

变得更加光彩夺目,

那是她最美丽的时刻,

浑身散射着黄金般的光芒,

让人不敢直视。

哪怕被已坐在成功金山上的一些中年人看见,

他们的眼眸里也都只有艳羡在闪烁。

我和时间奔跑了起来,

带着无所畏惧,

和对美丽未来的满满憧憬,

跑起来,

不知疲倦,

似乎没有终点,

那黄金般的岁月飞奔直下,

转瞬即逝,

只留下回味无穷的微笑和

偶尔挂上嘴角的回忆。

走出象牙塔,

我们没多久就打开了

人生的大门，

也跌落进茫茫的生活旅途，

开始了一代代的轮回。

立业、恋爱、成家、生活，

养儿育女、养老送终，

酸甜苦辣，生老病死，

都是注定的轮回。

这时间却坐上了轮回的大车，

车轮滚滚，

在奔向未知的长路上，

是死亡在驾驶，

它一直都在这里来回摆渡。

在滚滚的车轮下，

一年又一年如流星般划过，

除了沿途倒飞而逝的人生百态，

只有终点的墓碑似乎越来越近。

我感觉得到紧张，

却也懂得年少的梦想也一步步地接近，

它在两边的风景里，

更在广阔飞驰的大道上，

就在死亡终点之前，

矗立在那高高的山岗上，

微笑地看着我骑跨在时间之矢上，

努力向前，

驰骋在深深浅浅却五彩缤纷的人生荒原上，

掀起一阵阵尘土，

在大地，

标识着奋进的轨迹。

正午遐思

张开手我握住一把阳光，
揣进了胸怀，
渴望照亮我心深处的孤独，
却只如一道闪电，
转瞬即逝，
徒添惊悚与颤抖。

我呆呆地看着大地，
云落下，一片片的疑惑，
堆积成一层层的思虑，
等待着时间的化解，
如今，我额头的落叶，
落进了我的心底，
却又何解？

远山已退守边际，
群楼保持沉默，

只有风无用地奔走,

明日大军已逼近时光之城,

最后一名倔强的骑士,

策马踏过无奈的吊桥,

冲进未来的千军万马,

微笑地覆亡。

而我渴望追随而去,

肩扛一面大旗,

只是旗上还一片空白。

风　雨

那天的风，

是天边的风，

裹挟着神的愤怒，

拷问着每一棵草木。

那天的风，

是喝醉的风，

失控得如此疯狂，

在房前屋后，

歇斯底里地大叫。

那天我冷眼旁观在窗后，

任玻璃上的影子问我千遍，

我闭口不言。

沉默是忧伤的结痂，

孤单是喧嚣的倒影。

谁能喝出酒中的甘甜，

那是尝尽苦辣的味蕾。

我看见神问醉汉：
你可知醉？
答曰：我没醉。
为何？
我醒的时候梦见的是死亡，
我现在看到的都是生的希望。

风停雨歇，一片潦倒。
醒来时我倚在沙发，
窗前沉默的自己早已离去，
耳边萦绕着一句离别话语：
你是向日葵花，
早已刻在你的名字里。

毕业那些年

1. 红房子

学校旁边的红房子，
在火热的夏季，
迎来送往早已成便饭家常，
年复一年，一批又一批，
年轻男女们前赴后继，
在毕业季里哭泣，
流尽了此生最真诚的眼泪。

在红房子演出着最后的晚餐，
奋力碰碎那四年闪亮的光影，
闪耀着耀眼的光芒，
灼伤，
青春无暇的记忆。
无力扶着门口的大梧桐树，
呕吐好像经完一生的酸甜苦辣，
长吁短叹，强撑世故。

这些懵懂未知的孩子们，
即将走出洁白的象牙塔，
走进波涛汹涌的大社会，
五彩缤纷、风雨无边。

别了，青春友情岁月，
别了，黄金般的季节，
最后重重的拥抱，
都是兄弟都是姐妹。
你是我四年的兄弟，
独知我最纯真的秘密，
我曾暗恋过她四年，
到如今也不敢言语，
可明天就将各奔东西。

来、来、来……
我们相约一场，
在下一个十年的路口，
再来相醉，互诉衷肠。
那时的我们会是什么样子？

被岁月的刻刀雕琢出沧桑的痕迹?

还是被腐朽的气息鼓吹成一个发福的自己?

算了,反正猜测都没有意义。

你有没有一种别离的不舍,

又有没有一种未来的期待,

而现在就要踏入人海,

在人潮汹涌中挣扎着刷新存在。

丢下自幼追随的书包,

背上打工的行囊,

敢问路在何方?

不要在意,也不要恐惧,

因为

年华正茂,

一切都才刚刚开始。

2. 最后的晚会

青春之火在尽情燃烧,

卖力地释放着所有的热情,

曾经我们五湖四海相聚,

如今转眼就要各奔东西。

四年的光华,

我们在长大的大道上还未长大,

可却从大一的无间亲密

开始了与日后的逐渐疏离,

唯有这最后的晚会,

团团相聚,未曾缺一。

整包的歌舞厅忽明忽暗,

旋转的舞池寂寥无人,

独自播放的MTV唱得好安静,

整班的男男女女一个不曾迟到,

聚餐后带着晕乎乎迷糊糊的眼睛,

团坐在四周的沙发上,

安静,只有安静在肆虐,

沉默,只有沉默在喧哗。

一场一生的别离还没来得及准备,

却已欺近到了眼前。

不知是谁的提议,

让我们先合唱一首歌曲,

活跃下压抑的氛围,

歌神的《祝福》在歌名的有意中,

用歌词击溃了我们最后的泪堤。

"不要问,

不要说,

一切尽在不言中,

这一刻,

偎着烛光,

让我们静静地度过,

莫挥手,

莫回头,

当我唱起这首歌,

怕只怕,

泪水轻轻地滑落,

……

情难舍,

人难留,

今朝一别各西东,

……

伤离别,

离别虽然在眼前，

说再见，

再见不会太遥远，

若有缘，

有缘就能期待明天，

你和我重逢在灿烂的季节，

……"

哽咽中吟唱那伤心的歌词，

涌进舞池互相拥抱祝福，

酒精麻醉的舌头，

说着不清楚的最真心的话，

泪水情不自禁地滑落，

在青春的衣襟上，

落到脚下滚滚的红尘，

伴随我们未来山水一程又一程，

此生绝不再有，

如此相拥相泣的时候，

一群珍贵的同学，

一辈子无法再多一个，

却随着岁月的磨蚀，

越来越少，

直到自己也消亡。

这是我们最后的晚会，

是和青春的别离，

再相聚，

我们都笑容依旧，

只是都不再是当初的自己。

芳　菲

告诉我，
谁把青春献给了流年，
让春风吹不进旧照片。

告诉我，
谁把芳菲倾倒入流水，
让桃花落不尽空门扉。

告诉我，
谁把痴心折旧成冰冷，
让遗留的恨还剩几分。

告诉我，
谁能饮尽浅浅的岁月，
耗尽暮光繁花落成雪。

告诉我，

谁在前世久叩了柴门，
今生抽去门闩是谁人。

告诉我，
谁在岁月的尽头等候，
喝一碗那孟婆汤一起走。

其实，
现世总在轮回后，
轮回只在现世有。

假如岁月足够的长

假如岁月足够的长,
我们都可以历尽沧桑,
让彷徨在时光里覆亡,
让悲伤在失忆里渐忘。

假如岁月足够的长,
我们可以走进历史的旋转门,
在人生的每个路口,
都贴上"再来一次"!

假如岁月足够的长,
在每个风雨交加的黑夜,
曾经恐惧的我们,
都能安然入睡,
因为黑夜有止而岁月无尽。

假如岁月足够的长,

我爬上天空的尽头眺望,
是平行而去,
或是交汇而离,
在深深的深远里渐行渐远。

我展开无尽岁月的银翅,
追寻那漂远的轨迹,
耗尽无尽也永无再遇,
即使岁月足够的长,
终究还是梦一场!

阳光的假设

如果一抹阳光从天而降,
将你我笼罩,
刹那璀璨足以碾碎周边无际的
晦暗和犹豫,
那时我将坦然
转向那炽热耀眼的太阳,
向他迸射出我生命的炽热!

如果一片阳光铺天盖地,
将你我圈养在他的领域,
在这里,
微波在湖面荡漾着闪闪金光,
树木花草在风中向着阳光温柔舒展,
熟悉的人们三五成群,
哪怕是踽踽独行的,
都从脚跟纹饰了笑容,
直到脸上。

我将把灵魂放飞，

空出这具皮囊，

晾晒在这无垠春光里，

好好地深呼吸。

如果悬在高空中的那团阳光，

向人间倾泻他无限的热情，

把金丝缀满红尘，

你我将在这黄金般的天地痴迷，

忘乎所以。

看见鸟儿在天空停栖，

在金丝上啁啾，

看见那飞起的花朵也循着金丝的轨迹飞舞，

尘世间的人们睁不开眼，

看见无数出窍的灵魂

正攀爬在无数垂直而下的金丝上，

或高或低争先恐后，

而我将摆起催促的金鼓，

用坚决的决心擂动，

把远方的乌云驱散，

将落日的时辰延迟,

给人间一个时间,

如果你能读懂我的真言,

那请相信,

你的心中就有一颗永不跌落的太阳,

照你而行!

永不凋零的花

还记得年少时的我们吗?
是那样意气风发,
迎着朝阳面朝大海,
世界都好像在我们脚下。

我们擎着那朵以为永不凋零的青春之花,
走过多少日月山水,
经过多少雨打风吹,
到如今早已枯萎。
我们早已变成生活的模压,
深夜里,
在忙碌中抬起一头繁星,
又在匆匆叹息中睡去。
那些推杯换盏的乾坤里,
究竟刻意麻醉过多少回自己?

我们是如此的倔强,

拼命去追寻着自己梦想的样子，

我们又是那么虚伪，

争先恐后变成了自己最不喜欢的那个人，

我们徒劳地把名字种在钢筋水泥里，

奢望再次开出那朵永不凋零的花，

却不小心刻画成一篇无关紧要的墓志铭。

刮走岁月的飓风，

吹乱了我们满头万千愁绪，

早生灰发。

那时代里划过的道道闪电，

镌刻成我们额上的皱纹，

故作深沉。

还记得年少时的梦吗？

那才是朵永不凋零的花。

有一天

有一天,

我定要翻过大山,

看星垂平野,看大地万里。

有一天,

我定要走进天际,

看月涌大江,看众生灯火。

有一天,

我走在无垠的草甸上,

触摸蹲踞在眼睑上的雪峰,

金山落日,白云绕膝,

手中的茶杯盛满了日月。

有一天,

我行驶在通天的大路上,

探出头呼吸世界尽头的晚风,

沉醉余晖,高歌猛进。

有一天,

我不在这里,不在那里,

只在我心里,

有生之年,

一望无际。

捉住闪电

暴风雨中,
你捉住一只闪电,
用它刺碎黑暗,
转瞬就被淹没。
夜的疼痛,
轰隆隆的怒吼,
冲着飘摇在
惊涛骇浪中的你。

这无边的黑夜已
沦陷了时间,
攻克了终点,
围困着黎明的堡垒。
你看不到一道光,
为了照亮前方,
只能捕捉越发狰狞的闪电,
在电闪雷鸣里,

找寻脚下的道路，

却是一片汪洋

和要撕碎你的狂风。

我终于看见你，

吞下了一整个闪电，

沉入海底，

你要在万担海水之下，

一马平川，

大步向前！

干草地

给我一片干草地，
三尺即好。
让淋湿的心灵，
可安放一隅，
无须擦干，
放着就好。

这是个雨季，
风雨交加，
无孔不入。
连绵的时间，
镂空了天。
我立在空旷的中间，
雨水倒灌进心中，
淹没了所有的梦。

我向四方迈步，

脚下的积水，
来不及干，
在下一场雨之前，
注水的红心，
已泛白，
只靠着算命
预告了天晴，
憧憬着万里无云，
把自己挂在风中晾晒。

可我需要一块干草地，
就现在，
不然，红心彻底地泡白，
如何活得到未来？

这雨还在淅淅沥沥地低吟，
如远方勾魂的曲。

静谧世界

咖　啡

咖啡在杯中旋转着纷繁的思绪，
深色的漩涡浮泛着深沉的苦涩，
任过去攫取未来的恐惧。

阳光在沉默的长桌优雅起舞，
闪亮的脚步在杯沿上温暖跳跃，
我感觉到咖啡以外的温度。

手机蓝色脸书和世界那头相约，
当你用尘世的暗语轻巧敲击时，
反馈的是未经证实的正确。

食指的关节敲打着思考的日食，
击打着被黑暗逐渐沦陷的脑壳，
梳理那纷飞的往事和未知。

坐在凳子上的只是孤单的神舍，

灵魂在一旁进行一场洗礼仪式,
祭祀过度忧虑的南辕北辙。

咖啡已凉,唯手余温!

信条随笔

谁握诗一首,能解万千愁。

月下举独樽,对影酒当歌。

春风吹新柳,孤鹜浮旧波。

江水夜变暖,鸭眠栏上窝。

不知北国里,何处祛蹉跎。

登梦三更台,来日天与阔。

阳光迎面而来

清晨,

我走在去觅食的街道上,

北方的寒冷让我印象深刻,

我戴起羽绒衣上从未启用过的帽子,

将双手也插进口袋里,

在清晨里就这样沿着街边去寻觅,

想象着哪里的店面向外喷薄着腾腾的热气,

那里有丰富的早餐和温暖的屋子,

那里超越了温饱,

是物质的自由。

一阵冷风吹了过来,

让我回到了街边的路上,

冷冷清清,

究竟还有多远我才可以找到那个店?

但在目力所及的前方没有发现,

我在温暖的衣服下握了握拳头,

好让自己相信这一路不是白走，

终将会如愿以偿，

这也远比，

原地不动或者蜷缩在屋里幻想要真实。

我吹了口热气，

再深深地吸入口冷气，

让自己更清醒更坚毅地迈开步伐向前。

但就在此时的远处，

街道的尽头，

阳光翻过了尽头的高墙，

洒上了街边的道路，

阳光一点点多了起来，

向我这个方向迈着悠闲的脚步，

初时只是一抹，

少时已是一段，

他很积极，

步履也很轻快，

这时已经赶过了三分之一的街道，

在身后留下灿烂温暖的一片。

看着迎面而来的阳光，

我笑了，

迈开大步，

向着他走去，

终于我们迎面相拥，

走进彼此，

在那街道的中间。

笑容在阳光下绽放，

温暖全身，

我笑着继续走，

不经意，

瞥见了在街道尽头拐角处，

正在喷薄着的滚滚热气，

我的笑容更盛了！

月季之坛

有风的夜晚,

云很悠闲,

我走出地铁,

跌进立交桥下,

被淹没在车海。

脚下噪声的浪涛,

汹涌地拍着人行道,

传染着不安的烦躁。

这时却路过一座花坛,

上面繁花灿烂,

我绽放盛开的惊喜,

看着怒放的月季,

在夜风中招摇,

多姿多彩,五颜六色,

就像车海声涛中的绿岛,

静谧而庄重,

又像座令人神往的祭坛,

神秘而肃穆，

我的灵魂就地被捕获，

不由自主拾级而上，

临在众花之岸，

心中默默祈祷，

愿就这样

美丽安好！

夜　晚

小草微微，

树叶飘飘，

晚风喝醉了，

在路上招摇。

白云悠悠，

星光熠熠，

明月迷路了，

在高空徘徊。

我默默地走路，

轻轻悄悄，

那么多烦恼，

统统抛掉，

来来来，

就让我们对着清风，

喝一罐啤酒可好？

不醉不醒，

勇闯天涯！

我心里有条静静的河

我心里有条静静的河,
流向我那生命的尽头,
在无风的黑夜可以波澜壮阔,
在天崩的黄昏也能风平浪静。

我静静地坐在河岸上,
看日落月升,星辰大海,
我沐浴在那月光之下,
深情高声地歌唱,
唱麦浪起伏,风吹草上。

在星光熠熠下,
我望穿那遥远的黎明之幕,
看见了春和日丽,四季花开,
和一颗璀璨的太阳。

我要扎一叶扁舟,

沿着这条静静的河,

顺流而下,

去找寻夜的背面

和生命的另一头。

风中伫立

我静静地伫立在风中,
任风景从我身旁走过,
我无动于衷。

我静静地伫立在风中,
像一个盲人视而不见,
丧失了焦点。

我静静地伫立在风中,
在逃避还是迎战之间,
还犹豫不决。

我静静地伫立在风中,
灵魂早被陷落于黑夜,
躯壳已疯癫。

我静静地伫立在风中,

脑海被思考投下闪电，
勇气正加冕。

我静静地伫立在风中，
任黑夜来得更加低廉，
再借贷时间。

风静静地伫立在心中！

一棵梨树的等待

你站在墙角,
沉默了一个冬季,
像是在等待一个结局。

当温柔的春风吹拂大地,
打扫颓败的枯黄,
你的嘴角泛起绿色的笑意,
略微含蓄。
当南回的春燕在屋前飞舞,
忙碌着剪裁春意,
你终于露出了洁白的欢笑,
充满希望。

哦,
原来你一直在等待的
是一个开始!

随 笔

就在此刻，
我不想作诗，
也不想做梦。
就把手背在背后，
走在桃花树下，
晚风无愁。

眼前的小路或左或右，
那又如何，
我路过几株连翘，
黄花已被绿叶打败。
我路过一棵不知名的树，
上面晃荡着一个牌子：
"此树已打农药"。
我又路过一丛竹子，
在那里低声叹息，
为何春天还没到他那里？

他问对面的秋千，

回答只有闲晃的沉默。

小路旁的小广场上，

都是耄耋的老人，

在吃力地锻炼，

回想着年轻时的懒觉和奔跑。

一辆小黄车被收藏在墙根，

正面壁思考被谁骗到了这里，

落得清静却已被囚禁。

再往前走，

剥落的墙皮，

露出对过去的好奇，

曾经到底有谁从我身边走过？

一只黑白的小狗，

原本威武地站在路那头，

但我来不及冲它点头，

却转身就走了，

或许它正做一个威武的美梦。

现在，我也走出了小路，
走进了拥挤的车流，
假装随意地摸了摸裤兜。

心　海

我在彷徨失措中，
被一道道闪电反复击中，
排列成一队队问号，
拷问着我的心灵。
在严刑逼供下，
招认出一个个真实的谎言，
谎言，对谎言的欺骗，
欺骗，显得心力交瘁，
真相无法赦免。

我被那道道光芒闪瞎了双眼，
陷入光明中的黑暗，
白茫茫的一片，
一片，孤舟在怒吼的心海里，
起伏不定，
不定，终究要沉下一座决心，
坐在漆黑的海底，

坚如历史。

坐等在暴风骤雨的夜晚，

星空隐藏着灿烂，

你就可以向着苍穹，

喷发出深藏心底的热情，

让真相直冲云霄，

又坠入冰冷的大海，

沸腾如花！

看着你！

夜 行

我将这夜色泼进一汪白水,
溅起阵阵凉凉秋意,
我将残梦倾倒进无边夜里,
惊扰了凉湿的枕头。

谁在用笔触解剖了孤独,
谁还用陈辞填充那虚无,
谁不用未来算计着现在,
谁总用记忆挑衅些过往?

打破了玻璃人生,
五花八门,四面漏风,

点燃了自己,
在化为灰烬之前,
尽情嘲弄死亡。
谁能在墓碑上,
轻易刻得下"活着"。

喧闹的寂静

喧闹在大街上奔跑,
越过人群,闯过红灯,
在三环路上边跑边叫。

空气似乎刚醒,
一动不动,
弥漫着灰蒙蒙的寂静,
连远处坠落的情绪都能听清。

手中握着茶杯的柄,
茶叶早已沉默,
茶水业已寒心。
轻轻一瞥,
明明杯中有一轮暖阳,
也有嘴唇紧抿的倒影。

只是寂静在无声无息地呼吸，
让我脑海喧闹着空白的回忆，
无法思考无法安静。

心驰神往

我跨上思绪之背,
任他飞驰在假设的大道上,
一桩桩往事林立,
掩映着过去的过去。
我挥舞着批判之刃,
斩断莫须有的旁枝末节,
冲出这过了期的墓碑之群,
来到了幻想大草原。
那里茫茫的凭空想象,
一望无际,
任我肆意地天马驰骋,
驰骋,陷入巨大之中的渺小,
渺小到看不见自己,
四方忽然耸立起山海和高楼,
围绕我迅速地旋转,
不停的旋转使我跌落,
跌落进一颗露珠之内,

我从里向外看着，

蓝天散发出七彩光芒，

似是早梦的烟火，

灿烂地射出无羽之箭，

正中这露珠和我，

破碎地掉进草丛下的深渊，

深不见底，漆黑无边，

我扑腾着恐惧之翼，

用尽全身力气妄图抓住峭壁，

到底还是摔落进一个深潭，

冰冷刺骨，唯心热尚存。

我醒了，平躺在坚硬的床上，

两手下的被单纠结起一丛，

惊恐地看着我，

夜很深，空调二十七度，

夜很静，明天会很热烈！

夜　晚

这夜晚在挣扎，

在路灯下挣扎，

在月色里挣扎，

在一切光亮中挣扎，

在我黑色的眼眸里也挣扎，

因为眼眸里燃烧着希望的火。

这北风在买醉，

在树叶里高声呼喊，

在马路上就地打滚，

在千家万户的窗口拍打，

却在我坚定的步伐前跪倒，

因为我的脚步正走向那春天，

是它向往的地方。

星星点点的星光向我眨眼，

远处的万家灯火冲我微笑，

我走在这宽阔的大路上，

在夜色深沉的京城，

在北风呼啸的北国，

在一个世纪的秒针之外，

我在深刻地刻画现在，

蘸着些未来，

又在另一个世界数落着过去。

清风笑我

夜半依栏吞云烟，
半醉清风半入喉。
我笑清风无所依，
清风笑我人间愁。

我的伤痕

我一身有无数多伤痕，
夜空是最大的一条。

我心中有很多的心事，
那山是最重的一个。

我眼里涌起不绝的泪水，
大海是最咸的那滴。

在长夜辽阔的伤痕上，
我被时光抹上一层银色的星光，
强词夺理的岁月颁发的勋章，
闪耀着虚荣的光芒。

在连绵不绝的心事里，
我被往事风化成巍峨的擎天柱，
在高山深谷处盖起一座城府，

吹嘘的都是戏里的辉煌。

我伏案痛哭,
泪水不绝!

无 题

群星欢笑的夜空，

渐渐隐没了谁的面庞？

那拖尾摇曳的流星，

悄悄默许了谁的愿望？

哐当一声，

又坠落在我的屋前，

碎得一地星光，

亮晶晶地闪烁着

你祈祷的光影。

我不敢走近，

生怕划伤了我的回忆，

只能绕道走屋后的草地，

咔嚓一声，

又踩碎了谁从窗台

遗落的梦？

在那辗转反侧的夜里，

美梦被谁偷走?

又被谁从窗台弄丢?

只剩下夜半惊醒的梦魇

和汗流浃背的你。

告诉我,

在这个世界的哪里?

谁边默默哭泣,

边向我的梦里走进。

告诉我,

在这个世界的哪里?

谁在反复挣扎,

等待我先咽下这口气。

告诉我,

在这个世界的哪里?

谁在无缘无故地叹息,

叹息我的点点滴滴。

我赤脚踩在水上,

深不见底!

探　秘

大地有多少秘密，
海洋不清楚，
派出江河穿越崇山峻岭，
纵横驰骋，
也无功而返，
带走一片糊涂泥沙。

海洋有多少秘密，
天空不清楚，
派出风雨雷电轮番拷打，
手段用尽，
也无济于事，
惹来海浪集体嘲笑。

自己有多少秘密，
你也不清楚，
派出酸甜苦辣咸五味人生，

直到临死，
也无动于衷，
最后还糊弄说有轮回。

秘密其实就是秘密，
一样会生长会枯萎，
会化成尘埃，
又何必去费解。

悟空三千

地平线

脚下每寸土地

都是某一条地平线,

站在地平线上的我们,

谁都无法定义远方,

因为这就是远方的远方,

它就在你的脚下!

走在人生荒径上的我们,

谁都拥有诗歌一首,

因为人生就是首缠绵悱恻的诗,

你我行走其中,

演绎生命!

清 单

我打开时间的清单,
在每一时刻标记涂抹,
告诉自己,
这是今天要前行的轨迹,
要在每个标记上签到。
的确,
有时感觉这拘谨了生命,
让生活变成了一个个单调的空白格,
等待世俗的尘埃去填充。

这样是不是妨碍了呼吸?
这样是不是会失去生命自由的真谛?
颇有道理,
于是在接下来的日子,
我不再开出时间的清单,
而是让自己像一叶扁舟,
自由地徜徉在时间之流,

瞬时荡漾,随波逐流,

不再有签到标记的烦忧,

也不需要把生命划成一个个方格,

等待无聊的成功或失败的忧愁。

只需这样漂着活着,

轻松地呼吸。

就这样几天瞬息就溜走,

甚至快得我一丁点影子都没看见。

那每一天的每一刻,

我简单地支配着,

记得做的,不记得做的,

都随意地摆布,

甚至感觉还留有不菲的时间空白,

可供我去舒舒服服地发呆。

一天这样过去,

一周也这样过去,

在这样一月来临的时候,

却发现忙碌已把我握住不放,

我已淹没在左支右绌之中,

一天的时间已被堆满得严丝密缝,

来不及自由地呼吸，
更遑论舒服地发呆，
我在透不过气的应付中，
发现越来越忙，越来越繁重，
对，如若这样持续半年甚至一年，
难以想象。
但失神去盘算吧，
我依然还在原来的人生里，
生活没有多，
纷扰没有多，
却唯独忙得不可开交，
总在赶紧赶忙中疲惫不堪。

或许此时我才真正想后退，
后退到我的清单里去，
是那里给我创造了秩序，
是不自由创造了自由，
是忙碌创造了空闲。

控 告

我站在群峰之巅,

撒下忧伤的丝网,

要网住这无边的风暴。

我用苍白颤抖的手,

指向这头狂躁的狮王,

为何你如此肆意癫狂?

无垠的大地,

并非你的领域。

是因为你有狂暴的力量,

还是因为你已习惯如此放荡。

但我要告诉你:

你已老,

已是穷途末路的猖狂。

看,

天际已燃烧起温暖的红光,

将点燃大地希望的道场,
恭迎白昼的降临。

不要指望我顷刻放松我的网,
它本就是诞生于你的黑暗,
你越肆虐,它就越坚牢,
你已无路可逃。
就等待着
和我一起融化进晨光,
我将在你毁灭的灰烬上,
重生而强壮。

错　怪

我们都将老去,
美丽也将变成泡影。
在你苍老的皱纹里,
始终只是当初模样的你,
映满爱慕你一生的眼眸。
那时的你才恍然大悟,
他终究怀有最真的心灵,
尽管年轻时错怪了他,
那么多别有企图的嫌疑。

如今迟暮的自己,
可有勇气给他最后一次拥抱?
送他走得更称心如意。
看着他安详地躺在白花丛中,
想起那时候的一次怒斥:
"你是在人间游戏,
接近只是为了些许目的,

我早已看穿你的画皮。"

没有反驳,只有沉默,
以及从来都笑意盈盈看着
她的脸上爬满了尴尬,
欲言又止。

从此把他打发在冷落之外,
消费着青春环绕的爱慕美丽,
偶尔收到他讨好求饶的搭讪,
却用一场更肆无忌惮的暴雨回击,
没有反驳,只有沉默,
和一颗被无情扔在尘土里抽搐的心。
一病不起。

不知道为何会如此肆虐,
也许对越亲近的人越任性,
连残忍都不值一提。
任时间飞逝,
任人生百态,

任酸甜苦辣,

任各自轮回,

多少春秋四季,

每每抬头张望,

却总能还看见他的形迹,

远远地徘徊在那里,

从不曾离弃,

又不敢靠得太近。

他终于没能坚持到最后,

在夕阳西下的时候,

摔倒了先走一步,

人们说,

他说好在撑过了

她去年最难熬的时候,

带着早已诊断出的恶疾。

现在他躺了下去,

嘴角带着一份倔强的得意,

好像在说我陪你挺过了最难的时光,

从未辜负过你。

但胸膛终埋伏着一团不甘,
到最后都来不及解释,
他不是她说的那样的自己。

泪如雨滴,
沿着苍老皱纹的轨迹,
汇聚在干瘪的嘴唇,
颤抖地说:"我错怪了你!"
何止如此,
是错怪了爱!

密　集

在密集的夜下，
走在密集的路上，
我在密集地死去。

月光笼罩，星辰闪烁，
风似乎有话要说，
但我只想沉默。

影子在地上悄悄地跟随，
我却梦游在白昼的梦里，
盘算着空气的贵贱，
呼吸的投产比。
活着的边际收益扑朔迷离，
那条价值规律的曲线
画不出明天的天气。

握紧手中的书，

看着四周一片虚无，

没有恐惧，没有彷徨，

也没有激动不已，

这是一条走平的 K 线，

缩量了时间和我的交易，

无悲无喜。

这一横有多长？

那一竖又有多高？

未来到来之前都值得怀疑，

只有前行的信念

和不断的学习，

才可能喂食明天，

让它有力一跃而起，

放量上行！

折叠空气

空气被折叠了,
呼吸也被偷工减料,
我被时间压缩在一秒以内,
又被秒针冷漠地踢开,
滚到空间的牢笼里,
戴上方向的镣铐。

我向着过去呐喊,
未来给了回响,
只有现在寂静如死。
奔跑在跑步机上,
却以为已前进了千万米,
低头来还在原地,
对不住那些挥汗如雨。

花洒洒下如珠的细雨,
掩饰着本来的悲戚,

顺着赤裸的现实滚落，

流到历史的下水道，

又有谁会在意。

我被我质疑，

却还被无动于衷的你拷问，

我把智力输给了坏运气，

或是勇气。

握着一手岁月的扑克，

一年一张，

压不过滚滚的时光，

随波逐流地出牌，

却安慰自己它手里有王炸，

说到底不过是给一个理由恐惧。

你并没死去，

只是有点窒息，

该去明天透透气，

勇敢地呼吸才能尽情尽兴。

浑圆的天堂

一颗无根的露珠,

浑圆的天堂,

蓝天和白云躺在青草之上,

在微风中滚动,

在阳光里五彩十光。

繁花飘落在一阵风中,

铺满了大地,

落满了衣襟,

我坐在花树下静默,

像一种绿意,

融化在春风里。

浑圆的世界,

有天使在守护,

那来自地狱的潜伏者,

正坐在蛇的身体里,

等待一个不可错过的时机，
向你讲述苹果的秘密，
我正在露珠里看到了你。

是打碎天堂去救你，
还是走进去一起，
承受上帝闪电，
对罪的洗礼？

出地铁

夜晚的风随手翻动着树叶,
就如她路过大地,
随手翻动人间。
被青睐的叶子,
掀起了阵阵喧哗,
让白昼的沉默,
随风而去吧。

昏昏欲睡的路灯,
投来蒙眬的垂眼,
看这里的骚动,
轻轻摇了摇头,
脸上布满慈祥的笑容。
叶子笑呵呵地抬头,
仰望深蓝色的苍穹,
看着点点星光,
陷入了沉思的迷惘,

她期待一场坠落的星雨,
祈求一个愿望:
让我有朝一日,
可以乘风而起,
去飘摇江湖,
去诗和远方,
哪怕咫尺之外,
哪怕就地枯黄,
哪怕粉身碎骨。

我捡起一片枯黄,
揉碎她放飞,
听见了飘扬的笑声,
看见了一颗星星坠落
在我今夜的枕边,
无眠!

看 天

白云轻似烟,
微风好缠绵。
我欲乘归去,
空留心与田。

远　眺

灯远远眺望着夜，
我，凝视窗户上的人影，
空气到处被驱赶成
风一样的疯子，
而我，只是静悄悄地呼吸，
被风隔窗叫喊。

没谁看见我现在的样子，
从四周如潮的黑暗中涨落，
也只是和影子碰了下杯，
却全都是梦碎的声音。
我会失眠在清醒的彼岸，
又醒在沉睡的面庞下
轻轻地偷笑。

一只黑色的鸟从空中划过，
闪露出一对银色之翼，

划开夜幕,流出深邃的追忆,

充满恐惧,我

跌落在十七楼的阳台上,

与坠落的星星一起,

和光同眠!

走 步

黑夜拖着疲惫的步伐，
走在昏黄的路灯下，
喧嚣的汽车已静止在时间里，
风枯燥地吹着，
像苟延残喘的呼吸。
三环的路被吞没在转弯的地方，
我张开嘴想歌唱，
却早已忘了远却的曲调，
尴尬地又合了合上。

穿梭在人群里的我，
被人流穿过，
那一张张生动的脸，
只不过是此时刻的过客，
空白而空洞，
带不动一粒尘埃。
我，

下意识地摸了摸自己，

怕已麻木在别人的世界里，

又断片了自己的记忆。

张口呼吸的全是窒息，

睁开的都不过是睡眼，

精神的魂灵游走在视线之外，

剩下的只是这一个我在独白，

我需要一壶热酒，

敬一杯自由，

敬一杯死亡，

敬一杯杯迷茫，

远离清醒，

才不荒唐。

折叠而行

日影折叠成月影,
我在日夜之间,
折叠而行。

晚风吹不进朝雾,
晨光也叫不醒懒星。
我一半站在黎明里,
晚霞搭在另一个肩头。

转身面对朝阳,
承受着黑夜的凝视,
勇敢直面黑暗,
亦有阳光一旁呐喊。

攥紧的拳头,
伸出温柔的手,
闭着的眼神,

使了个眼色。

四季的旋风,

冷热交错,

敲打我的后背前胸,

坚强中的脆弱,

是一种坚硬的决绝。

在忙碌的窒息里,

养育昙花一朵,

盛开的瞬间,

足以再次

点燃热情续命。

我在未来之中,

折叠而行,

有风,有梦!

流 离

阳光起身,
梦已撤离。
我悬挂在屋檐之下,
眺望过去,
沉默不语。

思考早已逃亡,
只遗留空白来祭祀
死去的千头万绪。

我像在水中,
清澈见底,
却无法言语触碰真理,
只在逗留的一口气里等待
窒息。

光秃的树上,

吊满忧伤,

阳光之下看不见影子。

夜幕降临,

却被点亮成色彩缤纷,

我感到眩晕和莫名恐惧。

失眠的冬季,

让人不堪倦疲,

大约会不会死在春季的脚面,

大口地呼吸,

曾经忘乎所以的轨迹,

都将颠沛流离,

一整个世纪。

提笔跃然

提笔跃然是一片空白，
我质疑时间的真实，
跌落在空洞的深处，
蹚在光阴的长河里，
丧失了一段段记忆。
我为何是这样的自己，
是历史轨迹的注定，
还是前尘往事的累积？
不偏不倚，
成为这样的一个自己。

我感觉被时间放逐，
又被空间有意错过，
始终徘徊在未知的世界，
过着不知所以然的现在。
或许这只是今夜的一场梦，
那些在你身旁划过的生命，

都只是一种真诚的假设，
配合你的一幕幕独角戏。

唤醒我吧！
那将会如何？
是躺在一个深沉的黑夜里，
在床榻上睁开惊醒的眼睛，
看一看还未打响的闹铃，
哦！原来是梦一场。
须臾我又沉沉睡去，
睡进另外一重世界里，
那不是现在提笔的自己，
也不是在等待闹钟叫醒的人，
而是一场另外的际遇，
所有身旁划过的生命，
将另外一种假设重启。

我究竟是在哪里？
谁又是真实的自己？
是沉睡的？是提笔的？还是另一个？

到底谁在做谁的梦?
谁又走进谁的梦里?
这世界难道是个谜?
这世界其实就是个谜。

我和世界之间

我和世界之间,
隔了一个你,
你是光和尘,
无所不在地充满着我,
也充满着世界。

我和世界之间,
隔了一个谁?
谁在从地平线向我走来?
又是谁不断地从身边离去?
临走还带走了我的呼吸。

我和世界之间,
隔了
无数个你,
喜怒哀乐七情六欲,
都一一在过去里埋伏,

打算给未来一场偷袭。

我和世界之间,
隔了整个世界,
我在这边,
你在世界的那边,
所以我们如果相拥,
就拥有了整个世界。

我和世界之间,
隔的不是距离,
也不是空气,
而是一场多情的梦,
一场沉醉难醒的梦,
你在梦里头,
我在梦的外头。

在夜深人静的时候,
我总听见梦碎的声音,
那么的清脆,又那么的心碎!

生卒不详

每一次心跳，

都是生命的挣扎，

每一次呼吸，

都是更深的压抑，

每一次失眠，

都为了一个不间断的夜。

路灯在闪烁思考，

汽车在飞驰人生，

行人却在走入枯萎的黄昏，

向深空探寻来生的我，

凝望水中命运的倒映，

里面藏着轮回的秘密。

一阵晚风吹过，

吹皱了往生的记忆，

里面住着一个失忆的我，

谁都不记得。

在野草丛生的荒径上,
埋伏着追讨今世的债主,
无力偿还的我,
只有押上余生,
而那最值钱的不过是一场
红尘的葬礼,
和几滴可有可无的泪滴。

饮下这杯深不见底的水吧,
假装我已解渴在新世纪,
究竟走不完这个轰鸣的世界,
我就会陨落在一章经文之上,
被后世反复念诵:
这人,
生卒不详!

命如刀刻

所有诗歌写出的疼痛，
都不及真刀深刻的万一，
所有书本描述的别人，
都不如一秒钟来得真实。
生命被未知的利刃刀刀刻画，
或浅或深，或重或轻，
从未手软成电影的桥段。

从九层高楼纵身一跃，
离自己不过一个转念，
夜深人静的低声哭泣，
每夜玻璃后都有上演，
紧握的双手指甲在渴望鲜血，
收紧的心灵恨不得停止跳动，
这把愚钝的刀，
谁捉在手一刀叠一刀，
不紧不慢。

总在快要死亡的时候才看得清过往，
昨日的纸牌摊放在岁月的两旁，
张张件件错错对对清清楚楚，
只不过最后一滴时间都已精光，
谁都来不及彷徨，
谁都是亲手将自己埋葬。

忧伤让人无法靠近

谁穿过重重岁月，

在今世的路口与你狭路相逢，

逞一时之快，

伤痕累累。

倒下的人沉没回忆，

走过的人布满忧伤，

忧伤让人无法靠近，

靠近让人没法呼吸。

岔路的尽头，

会不会是原点？

越走越远的是背影，

越来越重的是叹息，

地平的那道线，

划过去的是一夜。

在一个盛大的夜晚，

我挖掘了流星的坟冢，

还来不来得及,

许下一个行将死亡的愿望:

末日奔逃,

生命不息。

快　克

风把逻辑吹到了我身上，
让我的数学知识一片凌乱，
我飞也不是，不飞也不是。

辛苦了数年都整理不出来的条理，
在一个不讲道理的季节，
被人人说得头头是道。

但头头是道并不是条条是道。
时间之眼在几世之前就关闭了，
却非要现在去烛照通向罗马的蛛丝马迹。
我只有手足并用地摸着大地前行，
让心贴近母亲，
也许能找到生还的指引。

晚樱还盛开在余下的时间里，
可我只想摇晃岁月的树干，

让繁星坠落，

和着片片忧伤的花瓣，

满地星辉，满地红尘。

花里的世界星辰和沙里的星辰世界哪个更大？

哪个更璀璨？

翻开前世的掌纹，

那里没有答案。

未来是客也是课，

答案都在一秒又一秒里流逝，

来不及抄袭进记忆，

我们已身处在下一个世纪。

我在时光领域里被禁锢，

也在岁月秋千上被荡漾，

虽无法永恒，

但足下涟漪，也知足。

命运比诗深刻

我开始重新写诗,
在命运绞索收紧套绳的时候,
我蜷缩在一万米高空的角落,
瑟瑟发抖。

我开始重新写诗,
当你莫名其妙地沉默的时候,
我迷茫在灰蒙蒙的雾霾深处,
惊慌失措。

我开始重新写诗,
在昨夜今晨孤单交错的时候,
我徘徊这时间巨大的沟壑前,
彷徨无助。

我开始重新写诗,
是酒,是药,也是狼牙棒,

带着伤痛的宿醉,

倒拖着狼牙棒,

挣脱那条绳索,打碎了那个荒诞的镜片,苏醒在太阳升起的早晨,

化作传说!